Gracieuseté Quezec

UN MONSIEUR BIEN MIS

Libres

Collection dirigée par Erik Orsenna

JEAN VAUTRIN

UN MONSIEUR BIEN MIS

récit

illustré par l'auteur

Libres

Fayard

À Toufik Ouannès
10 ans, clamsé béton

À Toumi Djaidja
déchiré par un chien

À Brahim Bouhara
noyé en Seine, un 1ᵉʳ mai

À tous les autres
parce que

Les autres, hélas ! C'est nous

BERNANOS

Le mal est un mulet ; il est opiniâtre et stérile.

VICTOR HUGO

Savoir que personne n'écoute personne. Que personne ne sait rien de personne. Que la parole est, en elle-même, un mensonge, un piège qui recouvre, déguise et ensevelit l'édifice précaire de nos rêves et de nos vérités, qui sont tous marqués du signe de l'incommunicabilité.

La Neige de l'amiral, ALVARO MUTIS

Souvent, la vie opère certains règlements de comptes qu'il vaut mieux ne pas négliger. Ce sont des sortes de bilans qu'elle nous offre pour que nous ne nous perdions pas très loin à l'intérieur du monde des rêves et de l'imagination et que nous sachions revenir à la chaude et quotidienne séquence du temps où s'accomplit véritablement notre destin...

La Dernière Escale du tramp steamer,
ALVARO MUTIS

C'était un mardi, il faisait sombre et gris, il pleuvait.

La gare était sale, murée dans le béton. Graisseuse à force de passages. Insultée par les graffitis.

Le ciel du quai n'existait pas, mangé par les buildings. Les quelques voyageurs en partance semblaient happés par le passage souterrain. Ils reprenaient existence et couleur en réapparaissant dans la lumière des verrières. Éclat rouge d'un foulard. Nacre d'un imprimé. Chevelure ondoyante. Parfois un rire.

Au-delà des aiguillages, la ville achélème penchée sur les caténaires poissait le long du canal. Cent mille fenêtres regardaient sans rien voir.

C'était un jour si sombre. Et gris. Il pleuvait.

Le petit rouquin laissa passer le flot des retardataires. La visière de sa casquette posée sur la nuque, il s'approcha de l'Africain sans pour autant perdre de vue l'écran de son Nintendo.

Robotin l'amnésique embrocha le Dragon dans un crépitement électrique, et le dix heures quarante-quatre entra en gare.

– T'es vraiment con comme ton balai, N'Doula, dit le rouquin. Six mois que t'es viré et tu continues à balayer !

Locomotive Baba N'Doula, citoyen zaïrois, se marra rose. Toujours en se déplaçant, il donnait l'impression de danser. Les chansons dans sa tête, qui faisaient ça. La gaieté antilope de ses ancêtres et, forcément, les jambes suivaient.

— Quisse que j'peux faire d'autre ? Mais quisse que j'peux faire d'autre ? Balayer, j'ai toujours fait ça, N'Doula ! C'est mes habitudes !

— T'es même pas payé ! Tu crèves la dalle !

— Ji crève pas vraiment ! Ji mon oncle qui m'aide. Monsieur Keita Robert. Marabout et homme de Dieu. Un sage penché sur les hommes. Grand médium héréditaire. Potion d'amour, argent qui travaille... Tu peux lui demander n'importe quoi. Voyance contre vos ennemis. Retour d'affection... Il a confiance en moi. Il dit que j'ai l'orgueil dans mon souffle et l'avenir dans le jardin de ma mère.

Les premiers voyageurs déferlaient. Une houle grise qui cherchait sa voie hors des ténèbres. Des corps sans visages. Des types affreusement pressés.

— T'as quel âge, Locomotive ?

— Ji quarante-trois. Et ji perdu ma dent de d'vant ! Mais j'ai ma force quand même. Le lion est dans les épaules !

Le grand Noir effectua un pivot autour du manche de son balai et finit par s'appuyer à la hampe de bouleau.

— Et toi, Butch, quil âge tu as ?

— Sept.

— Un sept ans, ça va pas à l'école ?

— Normalement, si. Mais, depuis que mon père s'est barré de la maison, j'suis pas scolaire.

Le balayeur haussa les épaules en lorgnant du côté du passage souterrain qui s'ouvrait comme une fosse.

— Personne n'est fait pour vivre la vie de son voisin, apprécia-t-il gravement.

Façon de dire qu'il ne se mêlait pas des affaires des autres, il donna trois coups de balai destinés à rapprocher quelques paquets de cigarettes vides, quelques mégots et un serpentin de caoutchouc d'un tas de poussière.

Butch se concentra sur son Nintendo. Il enfonça plusieurs fois ses pouces sur les touches et l'appareil émit une grappe de notes acides, annonciatrices d'un grand malheur.

Sur l'écran, après trois culbutes arrière et un coup de pied en vache décoché par son propre destrier, Robotin l'amnésique perdit son épée et se fit brûler la plante des pieds par le Dragon.

Dans une cacophonie de sons contrariés, Butch releva la tête.

Il dit avec un grand sérieux :

– Il paraît que la merde, avec moi, c'est que j'me coupe du réel. J'suis beaucoup trop cyber. Hier, la sychologue l'a dit à ma mère. Je dois faire la chasse au virtuel.

Locomotive fit la lippe, signe qu'il ne comprenait pas bien ce qu'on lui disait, puis les deux amis durent s'écarter d'un même mouvement pour laisser passer un voyageur agacé de les trouver sur son chemin.

C'était un monsieur bien mis, avec un chapeau noir.

Par inadvertance, il venait de poser le pied sur le tas de poussière. Sa semelle grinça puis dérapa, il sacra entre ses dents et aurait entamé une glissade si Locomotive Baba N'Doula ne l'avait saisi sous l'aisselle et aidé à restaurer son équilibre.

L'œil rieur de l'Africain rencontra la prunelle rapide de l'accidenté qui reprit son coude avec rage.

— Qu'est-ce qu'il fait là, ce tas de poussière ? récrimina le monsieur.

La fureur faisait bouger ses yeux à toute vitesse.

— Il attend que le grand balai de N'Doula le balaye, répondit calmement l'Africain.

Il se redressa dans son ciré jaune fluo.

— Vous essayez de me faire tomber ? aboya de plus belle le voyageur en pardessus.

Sa voix s'étranglait dans sa gorge.

— Et ce machin-là, qu'est-ce que c'est ? Un faux nez ?...

— Hou là là ! mais je sais pas, moi !... gloussa N'Doula en se penchant pour inspecter les détritus. Et, s'adressant au morceau de caoutchouc : Quisse tu fais là, capote ? I toi, saleté de virus ? Quisse tu fais dans les pieds du monsieur ?

— Il se fout de ma gueule, en plus ! Dis donc, toi, va balayer dans ton pays !

— Pas de problème ! Le charter, c'est pour lundi, patron ! En attendant, N'Doula balaie la France.

— Pauvre France ! réitéra le monsieur en raclant sa semelle. C'est elle qui aurait bien besoin d'un coup de balai !

Il était sur le point de s'éloigner, mais ne s'y résolvait pas.

— Et ça ? Qu'est-ce que c'est que ça ? demanda-t-il encore en grattouillant le tas d'immondices de la pointe de ses chouzes en cuir noir mille-reflets. Une seringue, je parie ?...

Butch se détourna un bref instant, histoire de s'intéresser au présent.

– Une shooteuse, oui !... confirma-t-il. Ici, dans les cités, pour pas rouiller, tous les saï-saïs se crayonnent à la *rose* !

Baba N'Doula opina du chef. Il affichait grand triomphe sur son visage.

– Encore la preuve qu'il y a de la poussière et des salop'ies tous les jours. Ci pour ça que je balaie !

L'intrus aux pieds cirés haussa les épaules, secoua la patte sur plusieurs mètres et poursuivit soudain sa route avec un air terriblement glacial.

– Tu t'es pas fait un copain, constata Butch en rentrant la tête dans les épaules pour mieux se concentrer sur une nouvelle phase de jeu.

— N'Doula crache dans la gorge des méchants, philosopha l'Africain.

Il distribua autour de lui quelques coups de balai sans vigueur.

— Au moins, est-ce que t'es allé voir le chef de gare ? demanda le petit rouquin sans quitter des yeux son Nintendo.

— Oh oui ! Trois fois, Monsieur Cassagne a levé sa casquette trois étoiles pour l'essuyer à l'intérieur !

— Et alors ?

— Il a dit : Locomotive, ji peux rien faire ! C'est l'écènecéèffe ! C'est l'ordinateur qui t'a r'craché !

— Et alors ? Et alors ? marmonna Butch.

Mais il était ailleurs. À des années-lumière de la planète Terre. Sa fusée venait de se poser sur Balzagor.

Le Zaïrois éleva jusqu'à son visage sa paume grise où couraient les pistes de sa vie. Il dessina un geste fataliste, racla sa gorge et glaviota sur son tas de poussière.

– Alors, moi aussi ji recrache ! Y je balaie ! Y a de la poussière tous les jours ! C'est ça, l'essentiel.

– Lâche-moi l'tergal ! T'es qu'un grumeau, Locomotive ! fit Butch entre ses dents.

Tout allait mal sur la planète Balzagor. Les compagnons de Robotin l'amnésique, fous de terreur, venaient d'abandonner leur chef. Tandis qu'ils se jetaient à plat ventre dans l'espoir de trouver un couvert sous les feuilles géantes des nénuphars de titane, une ombre menaçante recouvrait tout l'écran.

L'épée au poing, Butch dut affronter une nouvelle fois le Dragon.

– Wizz ! Viens-y un peu, espèce de tanche ! Je vais te yetter la gueule ! souffla-t-il en se calant dans ses baskets.

En vérité, il n'écoutait plus son copain. D'estoc et de taille, il faisait giroyer sa Durandal.

– Ouais ! s'écria-t-il au bout d'une douzaine de secousses. Ouais, ça dose !... J'vais lui mettre la honte, à ce con !... J'vais lui faire sa teuf, à ce rongeur ! Lui rentrer sa mère dans la bouche ! Géant !... C'est GÉANT !

Il releva un front baigné de bonheur parce qu'il venait tout simplement de vaincre le Dragon.

– J'ui ai cogné la tête à sang ! s'exclama-t-il. T'aurais vu ça, j'lui ai marché en plein ventre !

Il contempla la dépouille de l'infâme bestiau, littéralement vaporisée dans une gerbe de musiques victorieuses, et hocha le chef. Il dit que c'était vraiment hypra, ces machins-là, et éteignit l'écran.

Tout au bout de son champ de vision, il repéra l'homme au chapeau noir qui s'apprêtait à quitter le hall.

– Je te paye un coup de blanc mental, dit-il à N'Doula en empochant son Nintendo. Et après, on y va !

Il entraîna Locomotive jusqu'à un distributeur de Coca-Cola.

À l'horloge électrique, il était dix heures cinquante-deux du matin.

Sur le point de quitter la gare, le monsieur bien mis consulta sa montre, un chronomètre Breitling d'allure plutôt militaire. Il sembla humer la ville noyée dans le crachin et déploya son parapluie.

Il marchait d'un pas pressé. Ses chaussures noires, bien astiquées, hésitaient parfois sur l'itinéraire à suivre. Elles évitaient les rigoles, choisissaient leur territoire entre les flaques, contournaient les marigots et les drains encombrés d'un lit de feuilles mortes.

De l'autre côté de la place, l'asphalte luisait. Sur deux files, les voitures longeaient les trottoirs dans un chuintement de pneumatiques mouillés. Elles reniflaient les carrefours après un glissement hésitant puis s'élançaient à nouveau en vaporisant derrière elles des panaches d'eau sale et tourbillonnante.

Deux-trois enjambées précipitées, une foulée plus allongée, un saut de côté : l'inconnu franchit le boulevard en courant presque. Il prit pied sur la rive d'en face et repartit du même pas précipité.

Lorsqu'il eut expédié une centaine de mètres, il tourna court et, obliquant le long des jardins, entama la remontée d'une ruelle en pente. Une sorte d'impatience redoublait sa hâte. Des talons exagérés compensaient sa taille réduite.

Au coin de la première ruelle à gauche, il dut se courber pour lutter contre l'effet d'un mauvais courant d'air. La bise lui coupait les joues, tirait des larmes de ses yeux rougis, allumait une douleur stridente dans ses sinus. Il progressa à l'abri de son riflard jusqu'à l'aplomb d'une immense cartouche de chasse vantant la marque *Tunett*, qui servait d'enseigne à un magasin d'armes et de cycles. Sur le point d'y pénétrer, il referma son parapluie, l'égoutta devant la porte et inspecta la perspective fuyante de la rue.

Tourné comme il était, la main posée sur son couvre-chef pour éviter que celui-ci ne s'envole, il pouvait apercevoir le contour estompé des habitations bon marché – une falaise ajourée de balcons : la Cité Vairon. Un monde en cubes, un monde en cages. Une barre à l'uniformité de casernement dont la proximité tamisée par la bruine semblait susciter en lui une sorte d'allégresse acide.

Il étouffa dans sa gorge un gloussement naissant, poussa la porte de verre et franchit le seuil de la boutique avec l'impression de pénétrer dans une vallée obscure.

Sitôt après qu'une harmonie de sons grêles eut annoncé sa présence jusqu'au fond de la grotte, il distingua la silhouette affalée d'une femme qui se redressait dans la pénombre.

À l'apparition de cette personne haute comme une tour, le monsieur se découvrit avec lenteur. Il percha la crosse de son parapluie sur le rebord du comptoir et sa main carrée installée sur le bois verni tambourina une marche avec les ongles en attendant que la commerçante resurgisse de derrière les reflets d'une vitrine.

Superposé pour un instant à une trompe de chasse, le nez de cette dernière finit par pointer au détour de la glace. Passé le présentoir, il reprit sa consistance habituelle et flaira l'espace tandis que sa propriétaire s'avançait au-devant du client dans un glissement de savates.

– Vous désirez, monsieur ?

Le pardessus bleu marine parut hésiter.

– Je voudrais acheter... un couteau, finit-il par répondre.

– Couteau de poche ? Couteau de table ? Couteau à découper, à trancher, à dépecer, à vendanger ? épela la commerçante.

Elle avait adopté le ton de l'habitude, une musique de voix qui n'était pas éloignée du désintérêt. Elle dévisageait le quidam tout en remontant d'un geste machinal l'échancrure de sa blouse sur la ravine d'une poitrine blanche.

– Un couteau de loisirs, fit savoir le monsieur. Pour moi, ce sera un couteau de loisirs...

– Vous pique-niquez ?

– En un sens.

– Ce n'est guère de saison, fit observer la coutelière.

– C'est une image, répliqua le monsieur.

– Je l'avais pris comme ça, corrigea-t-elle aussitôt.

Ses lèvres sèches dessinaient un sourire fin.

Ils s'entre-regardèrent.

Il avait les yeux bleus. Il était rasé de près.

Elle avait l'air éreinté.

– J'ai surtout besoin d'une lame bien emmanchée, dit le monsieur. Du bon acier français.

– Thiers ? Châtellerault ? Nogent ? Langres ?

— Je ne suis pas fixé.

— Cran d'arrêt ? Virole ? Pompe ? Loquet ? Vis en T ?

Il haussa les épaules.

Elle sortit plusieurs présentoirs, désigna un article pas cher et déplia la lame.

— Ah non, pas ça ! lui opposa le client. C'est un poignard à puces ce que vous me proposez là ! Un canif pour enfant !

Elle produisit un autre couteau. De la crosse au dos, il avait une belle allure fine et allongée.

— Pourquoi pas un taille-crayon, tant que vous y êtes ? récusa l'homme au manteau croisé.

— C'est un Notron, se défendit la coutelière. Un très beau modèle avec son manche en bois caractéristique de la marque.

— Je le trouve un peu frêle.

La bonne femme parut vivante pour la première fois :

— C'est du Laguiole qu'il vous faut !... Prenez du Laguiole, monsieur. C'est infatigable...

Elle ouvrit un tiroir, exhiba la marchandise et la tendit par le manche au client.

— Regardez ça, dit-elle tout en déplaçant de sa main libre son peigne dans ses cheveux. C'est vraiment un très bel article...

Elle s'interrompit parce qu'elle n'avait pas la tête à ce qu'elle faisait. Elle portait sans cesse son regard gris et fiévreux du côté de l'arrière-boutique. Elle savait que son mari, un coude sur la toile cirée, était en train de lamper son deuxième litre de rouge de la matinée.

Le monsieur bien mis avait reposé le couteau. Il la fixait sans qu'elle pût deviner ses états d'âme.

— Forcément, je vous oriente vers des couteaux de poche traditionnels, se méprit-elle soudain, et j'ai peut-être tort...

— C'est surtout que vous n'y êtes pas, rétorqua le client. Ni Opinel, ni Pradel, ni Laguiole. Il me faut une lame qui ne me trahisse pas, le moment venu.

Il venait de tirer sa pochette de dessous son manteau et entreprit de s'essuyer l'intérieur des mains.

— Alors, prenez un Gimel au Violon ! exhala la grande bringue en blouse grise.

Elle tressaillit parce qu'elle venait d'entendre le premier grognement de son mari. Un grommellement hargneux, prolongé par un raclement de chaise. Elle commença à redouter le pire. Que Marcel apparût au détour du rideau de perles et vînt s'en mêler, par exemple. Marcel était devenu un foutu poivrot, de nos jours. Il n'était plus présentable.

– Dans votre cas, je ne vois qu'un Gimel ! répéta-t-elle d'un ton plaintif.

Elle aurait tant voulu que le client fasse son choix et déguerpisse.

– Je change carrément mon fusil d'épaule, décréta soudain ce dernier.

– Vire-moi ce con ! bougonna distinctement la voix de l'ivrogne derrière le rideau.

La coutelière leva les yeux. Une fibrillation de nervosité fit ondoyer sa main gauche. Elle la laissa filer jusqu'à l'échancrure de son corsage où ses doigts s'emberlificotèrent dans la dentelle.

– Je vais opter pour du carrément plus costaud, dit le monsieur.

Elle n'était pas sûre qu'il eût prêté garde au rognonnement de son mari et lui sourit.

– Après, on tombe dans le couteau de chasse, glapit-elle en puisant une nouvelle inspiration dans cette voix de tête.

– Eh bien, faites voir, dit le monsieur bien mis.

Il avait remisé sa pochette. Sa voix avait pris une tessiture plus confidentielle. Plus sifflante, aussi.

– Ce n'est pas le même usage, murmura l'épouse de l'alcoolique.

Elle allongea le bras en direction de la vitrine pour attraper un coutelas large et acéré.

– Pourtant, nous touchons au but ! s'éclaira l'homme au manteau cossu.

Puis, se ravisant :

– Ah, tout de même... Faites voir quelque chose...

Il avança sa main potelée dans la lumière juste au-dessus du comptoir et posa la lame à plat sur sa paume. L'acier poli dépassait la largeur de sa main d'un bon tiers.

– C'est fait pour le sanglier, murmura la femme.

– Pas seulement, dit le monsieur bien mis. Pas forcément.

– C'est mortel, dit-elle dans un souffle.

Elle venait de refréner un tremblement de toute son échine et dévisagea son interlocuteur.

Elle vit qu'il portait les cheveux assez courts. Ses yeux bleus d'une netteté de faïence insoutenable l'obligèrent à baisser les siens. Elle rougit parce qu'elle venait justement de se demander combien de coups de couteau seraient nécessaires pour venir à bout de son poivrot de mari.

– Tenez, prenez, dit soudain le client.

Il avait vérifié le prix de son achat sur l'étiquette. Il lui tendait deux billets de cinq cents francs.

– Neuf cent vingt, acquiesça-t-elle en lui prenant l'argent des mains. Je vous l'emballe ?

Il ne répondit pas. Il avait empoché le couteau. Il semblait absorbé dans ses pensées.

– Et quatre-vingts-qui-nous-font-cent, se précipita la coutelière en picorant la monnaie dans la caisse. Je vous fais un paquet ? répéta-t-elle les yeux baissés.

Elle n'obtint toujours pas de réponse. Un courant d'air balaya alors son visage. Il était parti.

Elle se sentit soulagée.

Elle resta sur place tout le temps que la sonnette à tubes métalliques égrena ses sons aigrelets. Quand elle leva les yeux, elle localisa le client : dos à la vitrine, il se tenait tout au bord du trottoir. Il attendait.

Elle redéplaça son peigne dans ses cheveux et sursauta quand elle perçut le pas hésitant de Marcel sur la tommette. Sans se retourner, elle sut que son ivrogne de mari franchissait le rideau de perles.

Elle respira à fond, comme pour profiter des derniers instants où elle était encore seule. Elle s'accrocha à l'image du monsieur.

Dehors, l'homme en pardessus était toujours perché sur le bord du trottoir. Il observait un grand Noir en ciré jaune fluo qui remontait la rue, flanqué d'un petit rouquin à casquette verte.

L'Africain laissait traîner son balai derrière lui. Le gosse, tête baissée, boutiquait un jeu électronique.

L'homme les laissa passer sans les quitter des yeux. Il attendit un peu qu'ils s'apprêtent à tourner le coin de la rue, puis leur emboîta le pas.

Ils marchaient tous trois en direction de la Cité lorsque la voix de Marcel se fraya un passage dans le mucus de sa gorge de fumeur et grasseya :

— Et qui c'était, ce con ?

— Un monsieur bien mis, répondit-elle en rangeant la menue monnaie dans la caisse. Un vrai monsieur.

Elle pouvait sentir l'haleine de Marcel sur son cou. Une présence absurde et désagréable.

Dehors, la pluie redoublait. Il était onze heures vingt.

Madame Bouzazat dit qu'elle avait peur.

Que, puisque c'était comme ça, elle avait peur.

Pas pour elle-même. Elle en avait vu d'autres. L'Algérie et la rue d'Isly. Des attentats à la bombe. Des types torturés à la gégène. D'autres avec leurs testicules dans la bouche. Et toutes les femmes de la Casbah en train de crier en même temps : *Yiouh ! Yiouh ! Yiouh !* Une hystérie de victoire, en 62, sur les terrasses d'Alger. Des tas de trucs autrement plus dangereux qu'un incendie de poubelles.

Pas peur pour elle, non.

Peur pour ses enfants.

Madame Bouzazat empestait l'huile d'olive et le patchouli. Elle glapit avec son accent de soleil que ce n'était pas la fumée qui l'impressionnait. Mais que c'était le feu. Le feu de la haine. Le retour à la barbarie.

– Ça ! accusa-t-elle en montrant le mur de béton. Cette saloperie-là !

Elle tourna le dos aux graffitis. Elle passa devant le cercle noir d'où émergeait un faisceau de trois flèches. À côté, c'était écrit : « *Les bougnoules, les ratons, les négros à Orly !* » Et c'était signé : « *Captain Führer* ». Comme d'habitude.

Au goudron. À l'indélébile. À l'irréparable.

Il était onze heures et demie à sa n'àquartz. Où donc étaient passés les gosses ?

Les traits tirés, madame Bouzazat écarta les gens devant elle. Des veaux. Des suiveurs.

— Ça me fout la trouille pour mes enfants, répéta-t-elle au milieu de l'indifférence générale. Des enfants qui ne sont même pas de moi ! Des enfants de guerre ! Des petits qu'on m'a confiés !

— Si c'est que pour les enfants, faut pas vous en faire, l'interrompit Balthus. Les gosses, de voir les pompiers, ça les distrait plutôt qu'aut'chose...

— Pas les miens ! rugit madame Bouzazat.

Elle porta la main à sa grosse poitrine. C'était comme une atteinte.

— Je parle pas des vôtres, rectifia Balthus. Je parle des enfants *FRANÇAIS*.

Un rire général et spontané salua l'orateur pour son esprit de repartie. Balthus était vigile. Sa casquette l'attestait. Aussi la radio émettrice qu'il portait à la ceinture. Chez lui, les bretelles étaient uniquement décoratives.

Madame Bouzazat sortit son mouchoir. Elle le mordit. Elle s'en servit aussi pour s'essuyer les yeux. Elle les avait rouges. Comme tous les pékins qui se trouvaient là. Tous ceux de l'aile C de la barre Rubis, Cité Vairon.

Rubis : trois cents locataires. Du béton carrelé façon cuisine. Soixante-sept logements répartis en trois ailes disposées en étoile au pied d'une tour.

Et quatorze fois le feu dans le vide-ordures.

Quatorze fois depuis le début de l'année écoulée.

Quatorze fois qu'on descendait du huitième. Quatre à quatre.

Presque une habitude.

– Moi, je trouve que vous avez bougrement raison d'avoir peur, dit une personne blonde.

Elle était matelassée dans un peignoir de type douillette 100 % polyamide, ouatinée 100 % polyester. Poignets boutonnés et encolure ronde égayée d'un galon façon crochet. Avec pinces poitrine.

– Moi, je trouve que vous avez vachement raison, réentonna cette personne.

Madame Bouzazat se retourna pour remercier cette alliée inattendue. Mais, presto, le sourire qu'elle tenait prêt cailla aussi sec. Ras des zygomatiques.

C'est qu'elle venait de reconnaître Betty Balthus, la propre femme du vigile. Eau oxygénée et *Longueurs et pointes*. Pas du dernier distinguo.

Dans l'attente d'une avanie, la Bouzazat resta sur la défensive.

– Parfaitement, j'ai peur ! insista la blonde.

Elle remua sa permanente et l'air se mit à puer le muguet.

– Peur pour lui, ajouta-t-elle en montrant son chien de berger qu'elle tenait par le collier étrangleur. Cette fumée, c'est mauvais pour son flair, hein, ma truffe ?

Elle posa sa bouche sur le nez de l'animal et l'embrassa.

Elle se redressa, sourit. Elle s'était foutu du rouge à lèvres sur les dents.

– Ah là là ! vous verriez ça, minauda-t-elle en parlant du chien,

Johnny quand y s'dresse ! c'est pres-
qu'un homme ! Et la force !... Sans
compter son odorat... Son odorat,
c'est capital... Mon mari l'a appris
pour la r'cherche ! Pour la r'cherche
et pour l'attaque ! Johnny étrangle
en deux minutes, confia-t-elle à un
pompier qui passait.

— Alors, qu'est-ce que vous atten-
dez pour le foutre au cul des pyro-
manes ? s'enquit l'hélé.

Et il clouta sur ses bottes.

Madame Bouzazat n'attendit pas
la réponse. Elle fronça les sourcils.

— Un, deux, trois, compta-t-elle
en se gonflant comme une couveuse.
Un-deux-trois, répéta-t-elle en
dénombrant avec angoisse ses
enfants découverts au détour d'un
pilier.

Elle rattrapa Hussein, natif de
Kaboul, par la manche. Elle poussa

devant elle Rose de Lima, qui était chilienne. Elle empoigna Phong, qui était vietnamien, et chercha des yeux sa propre fille.

– Où est passée votre sœur ? demanda-t-elle.

– Elle est pas encore rentrée du lycée, renseigna Hussein à qui il manquait un bras pour cause de mine antipersonnelle. Elle avait qu'une heure de cours.

Il faisait si chaud, soudain. Madame Bouzazat chassa un goût de sueur sur sa lèvre supérieure.

Au fond du hall, elle vit que les pompiers faisaient reculer les badauds. En même temps, la fumée redoubla. Il y eut quelques cris, et une rúmeur se propagea :

– Le feu a repris ! Le feu a repris !

Un soldat du feu qui courait glissa sur ses bottes et s'étala. Madame Bouzazat se dressa sur ses mules.

— Jasmina ! Jasmina ! paniqua-t-elle.

— Te fais pas bouillir les sangs, Bouzazat, dit flegmatiquement Phong. Jasmina, elle est dans les zones.

— Oùxa ?

— À la cave. Avec Jean-Luc.

— Elle a rien à faire avec lui, j'veux pas ! C'est un voyou !

— C'est un vététiste !

— C'est un bicrave ! Y touche à la drogue !

— Ma sœur gagne son argent de poche, trancha Hussein. Toute la bande des Sphinx s'intéresse à elle.

— Elle couche, maintenant ? Ma fille couche à treize ans !

— Non, Bouzazat, j'te jure qu'elle couche pas. Juste, elle est en lecture.

— En lecture ?

– Ben oui, quoi : elle déroule la biroute à Jean-Luc.

– Répète voir ça !

– Elle fait Veuve Poignet ! Tout à la main, Bouzazat ! Elle biberonne pas avec sa bouche, si tu préfères... Ça rapporte moins, mais tu risques pas le sida. Elle dit qu'elle fait spécialiste.

– Va me la chercher tout de suite ! Dis-lui de rentrer à la maison ! Moi, je remonte m'occuper d'Ali. Un bébé de six mois, j'peux pas le laisser plus longtemps tout seul !

Hussein s'élança aussitôt du côté de la porte C. Sa manche vide voletait derrière lui.

Madame Bouzazat retira ses autres enfants des jambes d'un monsieur bien mis avec un chapeau noir, qui traversait le hall en enfilant des gants. Elle n'avait pas vu de type comme ça depuis longtemps. Il aurait pu être un huissier, mais il n'avait pas de serviette en cuir. Elle prit Rose et Phong par la main et se hâta vers l'ascenseur. Le monsieur en pardessus s'y trouvait déjà.

La cabine de l'Otis-Pifre mesurait deux mètres sur deux mètres trente. Elle était conçue pour transporter dix personnes. Les portes étaient coulissantes. La peinture intérieure, initialement verte.

Madame Bouzazat aimait bien avoir le dos calé à la paroi, ses reins lui faisaient mal, mais elle dut se contenter d'une place au milieu. On était sous le hublot de la lampe. Ça vous collait mauvaise mine.

Ma foi, elle prit ses petits contre ses cuisses et claironna :

— Ben dites donc, y a du monde, ce matin, c'est rien d'le dire !

Personne ne lui répondit. À croire que parler avec quelqu'un, de nos jours, devenait une denrée rare.

Elle vérifia que son étage était programmé. Le chiffre 5 était allumé. Rien d'étonnant à cela : ses voisins de palier, le couple qui s'engueulait toujours, faisaient partie du voyage. Ils se tenaient bouche à nez. La haine passait par leurs yeux. Ça faisait mal de les entendre.

— Je vais voir mon avocat cet après-midi, menaça la femme. J'ai pas envie que tu me tapes encore une fois dans le ventre.

— Déconne pas, Ghislaine, tu le regretterais, siffla l'homme.

Il était petit et plutôt pâle. Vachement énervé. Des faux airs d'Aznavour.

Madame Bouzazat soupira.

Il y avait aussi Locomotive Baba N'Doula qui s'était casé dans le fond avec son balai, c'était logique, puisqu'il descendait chez le marabout du treizième. Et puis le petit Butch, un enfant du divorce, toujours le nez fourré dans son Nintendo japonais. On entendait la musique.

Émile Manurin, le routier du onzième, tenait le milieu du panneau. Il se présentait avec le ventre avantageux, la veste sur l'avant-bras, pas gêné pour écraser cette pauvre jeune femme du huitième, comment s'appelait-elle, déjà ? une Yougo. Elle avait deux jumeaux qui jouaient avec Phong. Un visage fatigué qui faisait chagrin à voir avec ses paupières bleutées par les cernes. Sûr que sa vitesse de sédimentation déconnait.

Et puis il y avait le grand type avec une gueule fermée et les cheveux rasés. Un copain du fameux Jean-Luc. Tout-à-Droite, c'était son surnom. Il avait un pif à pouvoir fumer sous la douche. Il allait retrouver ses potes sur la terrasse. Il fallait voir la façon de s'habiller : cuir sur cuir. Tout un trucmuche. Commémo de Mackensen. Médaille de la Baltique et la Croix de fer autour du cou. Vraiment un genre.

Pourquoi est-ce qu'on ne démarrait pas ?

Madame Bouzazat risqua un œil de côté.

Un index appuya sur 8 et la porte de l'ascenseur coulissa.

– M'man, j'ai envie de faire pipi, chuchota aussitôt Rose de Lima.

En baissant la tête, madame Bouzazat pouvait voir le blanc de ses yeux levés vers elle.

– Tu feras chez nous, ma poulette.

Elle lui caressa la tignasse.

– Pas chez nous, protesta la gosse.

Madame Bouzazat releva précipitamment la tête. Elle fixait un corps étranger balancé à vive allure depuis l'extérieur, quelque chose comme un sac d'écolier qui entravait la fermeture des portes. Cette intrusion fut suivie par une glissade et, presque aussitôt, deux mains s'acharnèrent à desserrer les mâchoires d'acier de la glissière.

– Complet, merde ! râla la voix de Manurin.

– C'est toi, ma petite Delphine ! s'empressa madame Bouzazat.

Elle appuya sur le bouton qui rouvrait les portes.

Une jeune fille en blue-jeans et pull se propulsa vers l'avant. Ses cheveux avaient pris la pluie et frisaient. Elle arriva à se caser.

– Maintenant, on est serrés comme des cartes ! fit observer madame Bouzazat en souriant à Delphine. J'espère que la brouette va marcher, ajouta-t-elle en parlant de l'ascenseur.

Personne ne répondit.

À part Locomotive. Le Zaïrois se fendit d'un ricanement nerveux.

— Heureusement que j'suis pas gros, fit-il remarquer.

Et, après un court silence :

— Le balai non plus, l'i pas gros.

— On t'a pas sonné, lâcha le routier en grattant sa barbe de plusieurs jours.

— J'mi fais tout petit, dit N'Doula.

Ses yeux rieurs croisèrent ceux de l'homme aux poils en brosse.

Les portes se refermèrent. La cabine resta immobile.

— Surcharge ! annonça Tout-à-Droite.

— J'respire plus, patron, plaisanta N'Doula. Ci promis, ci pas juré.

— Remonte sur tes cocotiers, Locomotive, s'en mêla Manurin. Nous fais pas chier.

– Sont loin, les cocotiers, gémit Locomotive.

Une vraie tristesse voila ses yeux.

– Ben, restez pas comme des veaux ! Vous voyez bien qu'il faut qu'y en ait un qui descende ! gueula Manurin.

Il paraissait hors de lui.

– Grouillez-vous un peu ! Moi, je viens de passer treize heures au volant de mon bahut !

– Nous, on y va par l'escalier, décida Phong.

Et, avant que leur mère poule ait pu protester, lui et Rose de Lima galopaient de nouveau dans le hall.

– Ça suffit pas ! Vous voyez bien que ça suffit pas ! s'énerva le camionneur.

Tout-à-Droite entreprit de faire le ménage en poussant dehors sa voisine.

– Bon, allez, la Yougo, tu vires, tu prendras le prochain !

– Revenez ! s'écria madame Bouzazat, mais la cabine, libérée d'un poids, s'élança brusquement vers le haut.

Le monsieur bien mis tourna la tête insensiblement. Il sembla humer l'haleine des gens tassés contre lui, puis ses yeux se posèrent une fraction de seconde sur l'Africain.

Deuxième, troisième étage.

Madame Bouzazat se bouffait les sangs.

Le visage tout près de celui de Delphine qui oscillait de la tête en rythme, un baladeur coincé dans les oreilles, elle demanda :

— Tu rentres du lycée ?

— ...

— Tu reviens du lycée ?

— Houi.

— Jasmina était en cours, ce matin ?

— Y m'semble, chuchota la jeune fille. J'suis pas sûre.

Elle baissa les yeux et rajusta son *wakos*.

La vie ailleurs était métal.

Quatrième, cinquième étage.

Les visages étaient immobiles. Chacun son monde intérieur. Le Nintendo faisait sa musiquette. Butch ne regardait personne. Tout-à-Droite cherchait le regard de Delphine. Il la trouvait bien caissonnée, cette craquette. Lui arborait une chimère tatouée sur l'avant-bras. La lycéenne était ailleurs. Un rock acide et défoncé martelait ses oreilles internes. Elle faisait mine de lire Paul Auster en mâchant du chewing-gum.

Madame Bouzazat soupira.

Le couple du cinquième, appartement 504, continuait à s'affronter. Ghislaine avait la rage aux yeux.

— J'en ai marre de dérouiller pour un racho ! dit-elle soudain.

Elle se tut. Du regard, elle se mesura à son conjoint muet. Elle laissa monter ses larmes et hurla presque :

— Qu'est-ce que j'ai, moi, dans c't'histoire ? Hein ? Qu'est-ce qui m'reste à la fin du mois ? J'ai même pas une jupe correcte à me foutre sur le cul !

Elle se mit à chougner.

— Tais-toi, Ghislaine. J'te l'ai déjà dit : tu m'gaves la tête ! siffla le pâlot.

Ses dents grinçaient.

— Je m'tairai pas !

— Arrête, ou j'te corrige !

— Tu m'fais pas peur ! T'es qu'une trompette, Mario ! Un truqueur !

Elle était comme folle, Ghislaine. Les yeux vachement rouges. Elle faisait des rêves de jungle.

– Pauv' connard ! éructa-t-elle en plein visage du petit mec pâlichon.

Elle ouvrit une bouche terrible pour le finir, l'achever devant tout le monde, une grande plaie de rouge à lèvres :

– T'es pas que chômeur, Mario, si tu veux savoir ! T'es cocu !

Et cinquième étage... L'ascenseur s'arrêta.

Ghislaine avait giclé dehors. Les fesses moulées dans sa mini, elle courait déjà à fond de cale dans la perspective du couloir. Au passage, elle avait bousculé les gosses de Madame Bouzazat qui attendaient leur mère sur le palier. Deux visages hilares et hors d'haleine.

– Ça va plus vite par l'escalier ! s'écria Phong.

– Y m'a fait tomber, l'accusa Rose de Lima.

Madame Bouzazat sortit à son tour.

– Vous avez vu Jasmina ?

La porte se referma sur une dernière phrase de Phong :

– Elle est partie sur la moto de Jean-Luc... c'est une Custom CM 125 Honda...

Sixième étage.

Le Nintendo avait repris sa musiquette.

Mario, le petit mari de Ghislaine, était resté sur place. Encore plus pâle depuis le départ de sa compagne. Les maxillaires serrés. Genre foudroyé sur pattes.

– Je descends là, souffla Delphine à son oreille.

Comme ça ne suffisait pas, elle lui tapa sur l'épaule. Il lui céda le passage. Elle sortit de la cabine sans un regard pour personne.

– Ça me dépouille, un cul pareil ! Je m'la ferais bien, dit Tout-à-Droite pour saluer son départ.

Et il fit la « grosse main » autour de son sexe pour donner plus de poids à sa virilité qualité cuir.

L'ascenseur bondit vers le haut puis, presque instantanément, s'arrêta entre deux étages.

– Coinçarès ! annonça laconiquement Tout-à-Droite.

Entre sixième et septième :

— Ça arrive souvent ? s'enquit le monsieur bien mis.

C'était le premier signe de nervosité qu'il donnait.

— Quèque fois, faut bivouaquer en attendant qui z'envoient la cavalerie, ricana Tout-à-Droite.

— Putain, mais c'est pas vrai ! J'arriverai jamais à la maison, gémit Manurin. J'ai été bloqué huit jours à Santander par les routiers espagnols, et maintenant c'est Otis-Pifre qui me la met dans l'oigne !

Il déplaça sa silhouette de colosse vers l'avant et on lui fit place. Il traversa l'ascenseur pour filer un coup de tatane à la porte.

— Ça sert à rien, y comprend pas, dit Butch.

Il avait levé la tête de son Nintendo.

— Heureusement qu'on a la télé, ricana Locomotive Baba N'Doula. Le Président va nous parler !

Il se tourna vers la paroi laissée vide par le départ de l'immense carcasse du routier et s'appuya sur son balai.

À la place de la glace, cassée depuis longtemps, il y avait un quadrilatère plus clair que la tonalité générale. Un mariole avait profité du foutu rectangle pour dessiner un poste de télé tout autour. Vachement réaliste : les boutons, trois chaînes couleur, même le truc pour « lumière » et « contraste », tout !

Mais le comble de l'astuce, c'était d'avoir collé une photo de Chirac en marionnette au beau milieu de l'écran. Idée plutôt farce. Le président disait dans une bulle : « *Français, Françaises, je vous encule bien profond.* »

Cru, comme on voit.

Ce à quoi un autre malin avait rétorqué au marqueur rouge : « *Merci pour le coup de bite, monsieur le président, nous sommes 60 millions de consommateurs heureux !* »

— On va pas rester en l'air comme des pommes ! grogna le routier.

Il avait l'air sincèrement contrarié.

— C'est à cause de l'incendie de ce matin, s'en mêla Butch. Paraît que le feu a rongé les gaines.

Comme pour lui apporter confirmation, la lumière s'éteignit.

– Panne d'électricité, annonça Tout-à-Droite.

– À cinq là-n'dans, faut espérer que ça va pas durer des heures, fit la voix du mari de Ghislaine.

– Tiens, tu t'débouches, toi ? T'as r'trouvé ta langue ? s'étonna le routier. Si t'étais descendu avec ta gonzesse, t'en serais pas là.

Le Nintendo avait repris sa musiquette dans l'obscurité totale.

Le silence engloutit les voix.

Soudain, une allumette illumina les visages. C'est Tout-à-Droite qui la tenait entre pouce et index. Sa face ruisselante de transpiration leur apparut derrière la flamme.

– Solidaires comme on est, c'est vraiment la chaude camaraderie entre hommes, grinça-t-il.

– Moi, je trouve que ça pue, fit Manurin.

– Je ne me sens pas concerné, dit le monsieur bien mis.

Il avait conservé ses gants.

L'allumette s'éteignit et les renvoya aux oubliettes.

– Cherchez pas, expliqua la voix du camionneur. Ça sent le négro et la trouille. En brousse, quand on se faisait la main sur un niakoué, c'était exactement la même odeur.

– Vous étiez militaire ? s'intéressa le monsieur.

Son visage venait de surgir de l'obscurité depuis qu'une nouvelle allumette scintillait entre les doigts de Tout-à-Droite.

– J'ai fait la ligne en Centrafrique, à Bangui. Ils sont pas capables de se subvenir.

– C'est des assistés notoires, surenchérit le petit mari de Ghislaine.

– Et vous, les Assedic ? rétorqua Butch.

La panne ne l'empêchait pas de triturer son machin électronique.

– Doucement, la petite classe ! morigéna Manurin. Sans nous et quelques autres, ils continueraient de se bouffer à longueur de journée.

– On est en pleine évolution, interrompit N'Doula. Y faut pas dire n'impo'te quoi.

– J'hallucine ! Qui c'est, c't'impertinent ? demanda le colosse. Tu veux que je te claque le beignet, moi ? Tu vas voir !

Son large visage constellé de gouttes de transpiration s'approcha de celui de l'Africain. Leurs yeux dansaient une gigue de défi.

En s'éteignant, l'allumette les plongea à nouveau dans l'obscurité.

— Tu cherches l'hématome ? Tu veux que je te défonce ? demanda la voix du routier.

— J'ai peur dans mon pantalon, N'Doula, répliqua celle de l'Africain. Mais votre force est intolé'able. Ici, c'est la France, beau pays. Vous pouvez pas me pa'ler comme ça...

Un silence lourd s'instaura.

Il y eut un froissement de cuir, et le visage de Tout-à-Droite réapparut. Il avait ôté son blouson. Son visage dégoulinait. Il tenait un papier enflammé.

— Vous trouvez pas qu'on manque d'air ?

— Commence par éteindre ça, dit Manurin. Tu bouffes l'oxygène.

— Attends une seconde, y a p't'être un moyen de respirer mieux.

Il éleva sa flamme à bout de bras et leva la tête.

— Faudrait démonter la plaque du plafond, suggéra le petit mari de Ghislaine.

— Personne n'a un couteau suisse ? demanda le routier.

— Même n'importe quel couteau..., insista le pâlichon.

— Personne, répondit le monsieur bien mis.

— Personne, confirma Tout-à-Droite. Pourtant, d'habitude, j'ai c'qui faut.

Et il lâcha sa torche pour ne pas se brûler.

Ils restèrent un certain temps immobiles à regarder se consumer le morceau de papier.

— Autant s'asseoir et réfléchir, dit quelqu'un. Peut-être que ça ne sera pas trop long.

Il se fit plusieurs mouvements dans le noir. Des glissements divers, comme si les gens s'installaient chacun dans son coin. Comme si tel ou tel se déplaçait parfois. Il y eut un choc sourd, suivi d'une sorte de soupir prolongé. De temps en temps, Manurin tapait dans la porte avec l'espoir de se faire entendre à l'intérieur de la cage de l'immeuble. Le Nintendo continuait son zinzin.

L'un des passagers se laissa glisser jusqu'au sol. Un autre traversa la cabine.

– J'en ai plein le cul, marmonna Mario d'une voix morne. J'ai qu'une envie, c'est de redescendre pour filer une rouste à ma bonne femme.

Mais, d'un coup, la cabine se remit en marche et la lumière les inonda. Ils étaient tous assis, à l'exception du routier et du monsieur bien mis.

Huitième étage.

Dès que la porte fut ouverte, l'homme en pardessus croisé jaillit hors de l'ascenseur. Dans un même élan, il fut suivi par le mari de Ghislaine.

Butch leva précipitamment la tête et courut sur ses Adidas pour sortir également.

— À pluss, Locomotive ! Bonne pignole ! À d'main ! J'me grouille, lança le rouquin sans se retourner.

— J'ai bien envie de me tailler aussi, dit Tout-à-Droite. Au cas où ça r'commencerait...

Il sortit sur le palier, étonné de ne pas être suivi par le camionneur. Il se retourna.

– Moi, j'tente le coup, l'instruisit Manurin. Ça tiendra bien jusqu'au onzième.

Paisible, il recula jusqu'au fond de la cabine et buta dans les panards du Zaïrois, largement étalé sur le sol.

– Faut pas t'gêner, bamboula ! lança-t-il machinalement, et il se rabattit sur le coin.

– Bon, ben j'fais comme vous, j'suis du voyage ! décida Tout-à-Droite en réintégrant l'espace. Faut prendre des risques !

Les portes se refermèrent.

Neuvième, dixième, onzième étage.

Locomotive Bana N'Doula était resté avachi sur le sol. Son balai lui avait glissé des mains.

— C'est vraiment une race d'enculés qui ne demandent qu'à coincer la bulle, constata le routier sans s'intéresser vraiment au cas de N'Doula.

Mais, comme le balayeur ne bougeait pas :

— Commence à me turlurer, l'indigène ! gronda-t-il soudain.

Histoire de, il décocha un coup de tatane dans la voûte plantaire du dormeur. L'Africain s'affaissa davantage.

– À quoi y joue, ce con ? s'interrogea le colosse en se penchant sur le balayeur. Y nous a fait un malaise ?...

Sa voix allait en se rétrécissant.

Et même, il s'arrêta pile de parler.

En écartant les pans du ciré jaune, il découvrit le couteau fiché en plein bide. Ça faisait mal à voir, parce qu'il y avait plusieurs autres plaies. Le sang coulait entre les mains du mort comme s'il avait cherché à le contenir.

– Bon Dieu, murmura le routier. Moi qui lui disais de ne pas gaspiller l'oxygène !

– Eh ben, y gaspille plus, gouailla la voix de Tout-à-Droite.

Manurin s'était redressé. Il se retourna lentement. Il regardait bizarrement son compagnon.

D'un coup, sans justifier son comportement, il se précipita vers le tableau des étages et appuya sur un bouton rouge. La cabine resta bloquée entre le dixième et le onzième étage.

— T'es louf ! eut le temps de s'exclamer Tout-à-Droite.

On lisait l'incompréhension dans son regard et il recula devant la masse lancée du routier qui le percutait avec des mains d'étrangleur...

— C'est toi ? Hein ?... C'est toi ?...

Manurin avait rattrapé le nazillon par le col et commençait à le secouer.

— C'est toi ? Dis, c'est toi ?... J'vais te déchirer !...

— J'te jure ! J'te jure que c'est pas moi ! suffoquait l'autre.

— T'as voulu t'faire la main, espèce de grand cerceau ?... Avec ton revenez-y fridolin ! tous tes jeux à la con ! ta quincaille vert-de-gris !... Croix de fer ! Croix de Mackensen !

Manurin était en vapeurs. Il lui foutait en l'air ses médailles. Il allait l'étrangler, pour un peu.

D'un coup, il relâcha son étreinte. Il revint s'installer devant le cadavre.

Il était sincèrement retourné. Une sournoise lassitude pesait sur ses épaules.

Il tâta sa barbe de plusieurs jours et dit pour lui-même :

– J'suis fatigué, moi, j'en peux plus... J'perds les manettes !

Il s'agenouilla devant le mort et lui ferma les yeux. Il ne supportait pas que Locomotive eût les yeux tournés vers lui.

– Les indigènes, c'est comme les bêtes, dit-il en se remettant sur ses jambes. Ça agonise drôlement correctement. Chapeau, Locomotive !

Il affronta le regard de Tout-à-Droite. Les deux hommes se dévisa-

gèrent avec une sorte de décourage-
ment partagé.

– Si c'est pas toi, murmura le routier au bout d'un long moment, alors
qui c'est qu'a fait le coup ?

Le monsieur bien mis traversa le hall du bloc C au moment où les pompiers rangeaient leur matériel.

Sur le point de s'élancer en direction de la place luisante de pluie, il consulta sa montre. Il constata qu'il était midi juste. Il sembla humer la ville noyée dans le crachin et déploya son parapluie.

Il commença à s'éloigner à pas pressés. Il laissait derrière lui la vastitude désolée, cent mille fenêtres aveugles, les herbes rares, les trognons d'arbres et les bancs de pierre agglomérée. Un panneau du promoteur annonçait : « *Ici, on est aux fleurs.* »

C'était un de ces jours où le ciel reste désespérément gris. Un mardi. Un jour ordinaire. Il faisait sombre et venteux.

Madame Bouzazat le croisa comme il prenait le chemin de la ville. Il marchait le long du canal.

Elle venait de remettre la main sur sa fille Jasmina. L'adolescente avait un beau visage sensible. Elle regardait du côté des péniches. Elle se donnait des airs d'affranchie. En roulant ses frêles épaules sous un blouson aux manches trop longues, elle adoptait un style un peu cuirette.

Le monsieur marchait d'un pas vif. Il prenait soin d'éviter les flaques.

Une sorte d'impatience redoublait sa hâte. Ses talons exagérés compensaient sa taille réduite.

Il luttait contre le vent.

Dans la cabine d'ascenseur, le routier et le nazillon étaient assis face à face.

Entre eux deux, le cadavre avait l'air de celui qui s'octroie une petite sieste en attendant que ses copains aient réglé leurs problèmes.

— Sur la tête de ma vieille... j't'ai juré qu'c'était pas moi ! éclata soudain Tout-à-Droite.

Il s'était dressé sur ses cannes.

— Quand même, y a un doute, s'obstina Manurin.

Il ne quittait pas le môme de ses petits yeux porcins.

— C'est pas clair et y a un doute..., répéta-t-il en se levant à son tour et en s'essuyant les mains sur son fond de pantalon.

– Oh, hé ! mollo, la compagnie gros cul ! glapit Tout-à-Droite en enfourchant ses grands bourrins. Moi aussi, j'ai un doute, à ce compte-là !...

Avec les narines pincées, son anneau dans l'oreille qui gigotait, il vint parler dans la bouche du gros balaise. Il paraissait au bord de la congestion.

– T'as pas arrêté de déblatérer !... Tout le monde peut témoigner !... T'as qu'la race dans la bouche ! Les cocotiers par-ci... les assistés par-là... T'as même dit que ça puait le négro... Demande au mari de Ghislaine !... Demande au p'tit rouquin ! Lui, c'est le copain de Locomotive, y s'rappellera !

Manurin haussa les épaules et ses yeux chassèrent vaguement dans leurs orbites.

— C'est vrai qu'on dit des conneries... Ça nous arrive à tous... On s'laisse aller. Mais ça va pas plus loin.

Les mains dans les poches, le routier fit le tour de la cabine et revint se planter devant Tout-à-Droite qui ramassait ses médailles.

— Dis donc, môme, tu crois pas qu'on ferait mieux de s'entraider plutôt que de se bouffer les rognons ?...

Manière d'esquiver une réponse sentimentale, Tout-à-Droite se tourna du côté de la porte.

— Moi, j'dis qui faut monter jusqu'au treizième, lança-t-il. On débarque et on se casse.

— Une supposition qu'il y ait quelqu'un à l'arrivée ?

— Y aura personne.

— Mais si y avait ?

— On parle au mec. On l'occupe. À c't'heure-ci, y aura toujours un client pour appeler l'ascenseur pendant c'temps-là.

— Bon. Le négro arrive en bas... Tu vois le reportage ? Toute la Cité Vairon va passer au Journal de vingt heures !

— C'est plus not'problème ! s'écria Tout-à-Droite.

Il en profita pour se redonner un coup de peigne à l'aveugle.

Manurin haussa les épaules.

— T'oublies les témoignages ! Le petit crevard de Ghislaine qui nous a vus repartir avec le macchabée... Pareil, le petit rouquin...

— Bon, alors, dis-moi, qu'est-ce qu'on fait ? s'énerva Tout-à-Droite.

— Ben, on redescend. On raconte la vérité... On appelle les flics et on dit qu'on s'essplique pas le carnage.

— T'es dof, toi ! Y vont nous enchrister !...

— Pas sûr !... On leur parle du gars bien sapé avec son bitos... On leur parle de son manteau comment qu'il était... De ses pompes à reflets et de son mystère intégral...

— T'as qu'à croire ! Y vont dire que c'est une invention ! Y nous écouteront jamais ! Et moi, j'suis bagué ! J'tomberai à coup sûr ! Suspect number one ! Direction bignon et garde à vue ! Chaque fois qu'y a un pet dans l'immeuble, c'est déjà pour ma pomme...

— Si t'as rien à craindre, qu'est-ce ça peut te foutre ?

C'était trop dur, de continuer comme ça.

Ils arrêtèrent la jactance et soupirèrent.

Des coups sourds résonnaient contre une porte et se répercutaient dans toute la cage d'ascenseur.

— Bon, finit par lâcher Manurin. On peut pas rester là.

— Y a plus qu'une issue, murmura Tout-à-Droite.

— Laquelle ?

— C'est qu'on tombe d'accord sur une solution à risques partagés.

Il était midi vingt quand le monsieur bien mis atteignit la gare. Il acheta un journal du jour et passa sur le quai numéro 3.

Comme il était en avance, il fit les cent pas. À un moment donné, il parut réfléchir et ôta ses gants.

En face de lui, sur un autre trottoir, une femme mordait dans un sandwich, assise à l'aplomb d'un panneau d'affichage.

Un chien sans maître divaguait. En trottinant sous son pelage jaune, il rendit visite à un banc et leva la patte.

Sous les verrières, tandis qu'il marchait à petits pas, le voyageur en

pardessus remarqua une jolie fille. Flanquée d'un grand nègre qui portait des glaïeuls, elle avait des bas fins. Elle riait et c'était magnifique.

Le midi vingt-sept entra en gare dans un salmigondis de voix de haut-parleur. Le monsieur se dirigea vers la voiture 11. C'était un compartiment de première classe.

Il trouva sans peine un coin fenêtre, un *solo* non fumeur. Il ôta son chapeau, le posa sur ses genoux croisés et appuya son front contre la vitre.

Il regarda du côté de la fille. Soulevant la jambe derrière elle, elle rit à nouveau dans la lumière pâle.

Le train se mit à glisser sans bruit le long du trottoir et, ainsi que des fantômes, elle et le grand Noir, tramés par le reflet d'un abri de voyageurs, parurent monter dans le ciel mouillé et s'y dissoudre.

Ils s'embrassaient.

Dans le sous-sol de la barre Rubis, Manurin et Tout-à-Droite venaient d'atteindre les poubelles de l'immeuble par l'escalier de service.

Il restait partout des traces de l'incendie, des traînées brunâtres qui mâchuraient le sol. Des carcasses de sommiers calcinés.

Ils portèrent le corps de N'Doula dans le dernier container. Là où les pompiers avaient accumulé les matériaux détruits par le feu.

Ils durent se planquer un moment parce que Balthus, le vigile, faisait sa tournée.

L'emmerdant, c'était son chien.

Sous un ciel de plomb, le train qui emmenait le monsieur bien mis roulait au milieu d'une forêt de signaux et de caténaires. Avec la force d'un éléphant aveuglé par la colère, la loco se frayait un chemin hurlant parmi les petites habitations de brique.

Le convoi longea le canal, passa au large des barres grisées de HLM, puis s'engouffra dans une tranchée plus sombre avant de déboucher sur une plaine de rails et d'aiguillages contenue par des murs de ciment tagués et des entrepôts aux vitres cassées.

Enfin le train côtoya un moment une colline de détritus où fumaient des feux lents et nauséabonds, avant de disparaître vers le sud où l'attendait un tunnel.

Quartier Vairon.

Barre Rubis. Aile C.Les logements bruissaient de vacarmes quotidiens. Télés, chasses d'eau, vaisselles entre-choquées, cris divers, chiens, perruches, transistors, machines à laver, chaises déplacées. Le train-train Kleenex et nids-d'abeilles.

Au cinquième étage, Delphine, son baladeur collé aux oreilles, regardait l'horizon bouché.

À trois cases de là, sur fond de même papier à fleurs, Ghislaine se faisait sauter par son petit mari.

À l'extrémité du couloir, madame Bouzazat servait le couscous à sa cou-

vée d'enfants disparates. Ça se mar-
rait ferme. Jasmina avait déjà fini sa
semoule. Elle s'était levée de table et,
devant le miroir de la salle de bains,
s'essayait au rouge à lèvres.

Au huitième, Butch venait de
gagner la planète Altaïr sur Internet,
tandis que sa mère fumait une
galuche en faisant cuire du surgelé.

Au onzième, Manurin se rasait
avant d'aller faire la sieste. Il avait
mis RTL plein pot. Il zyeutait le por-
trait de sa femme qui lui souriait
dans un cadre à chichis.

Au quatorzième, sur la terrasse,
Tout-à-Droite semblait indifférent
au crachin. Accoudé à la rambarde
de béton, il regardait la ville perdue
dans la grisaille et les fumées lourdes.

En se penchant, il vit passer les
bennes à ordures et alluma une
cigarette.

Les camions municipaux rasaient les trottoirs.

Les éboueurs, un Blanc et un Noir en combinaisons vert fluo, roulaient les immenses poubelles jusqu'à la benne. Un des employés appuyait sur un bouton. Le container s'élevait et se déversait dans le ventre du camion. La benne scatophage grondait un moment. Elle s'en mettait plein les dents, puis repartait, tous gyrophares allumés.

C'était un jour uniformément gris et sale et pluvieux.

Un mardi. Un jour encore plus moche que d'ordinaire.

Il était treize heures quinze.

Quand Jasmina prit pied sur le toit et s'avança sur la terrasse, Tout-à-Droite avait tout oublié.

Il la laissa venir et, jusqu'à ce qu'elle fût contre lui, il ne savait toujours pas comment il allait s'y prendre pour lui dire qu'il l'aimait.

— Il pleut, commença-t-il.

Du même auteur

Romans

À bulletins rouges, Gallimard, 1973.
Billy-ze-Kick, Gallimard, 1974, Mazarine, 1980, Folio, 1985.
Mister Love, Denoël, 1977.
Typhon Gazoline, Jean Goujon, 1978.
Bloody-Mary, Mazarine, 1979, Le Livre de Poche, 1982 (prix Fictions 1979 et prix Mystère de la Critique).
Groom, Mazarine, 1980, Gallimard, 1981.
Canicule, Mazarine, 1982, Le Livre de Poche, 1983.
La Vie Ripolin, Mazarine, 1986, Le Livre de Poche, 1987 (grand prix du Roman de la Société des gens de lettres, 1986).
Un grand pas vers le bon Dieu, Grasset, 1989 (prix Goncourt 1989).
Symphonie-Grabuge, Grasset, 1994 (prix Populiste), Le Livre de Poche, 1996.
Le Roi des ordures, Fayard, 1997.

Nouvelles

Patchwork, Mazarine, 1983 (prix des Deux-Magots, 1983), Le Livre de Poche, 1992.
Baby-Boom, Mazarine, 1985 (prix Goncourt de la nouvelle, 1986), Le Livre de Poche, 1987.

119

Dix-Huit Tentatives pour devenir un saint, Payot, 1989, Folio, 1990.

Courage, chacun, l'Atelier Julliard, 1992, Presses Pocket, 1993.

Albums

Bloody-Mary, dessins de Jean Teulé, Glénat, 1983 (prix de la Critique à Angoulême).

Crime-Club, photographies de Gérard Rondeau, La Manu-facture, 1985.

Le Cirque, photographies de Gérard Rondeau, Reflet, 1990.

Tardi en banlieue, fusains et acryliques de Jacques Tardi, Casterman, 1990.

Terres de Gironde, collectif, Éditions Vivisques, 1991.

Jamais comme avant, photographies de Robert Dois-neau, Le Cercle d'Art, 1996.

En collaboration avec Dan Franck

La Dame de Berlin (*Les aventures de Boro, reporter-photographe*, tome 1), Fayard/Balland, 1987, Presses Pocket, 1989.

Le Temps des cerises (*Les aventures de Boro, reporter-photographe*, tome 2), Fayard, 1989, Presses Pocket, 1992.

Les Noces de Guernica (*Les aventures de Boro, reporter-photographe*, tome 3), Fayard, 1994, Presses Pocket, 1996.

Mademoiselle Chat (*Les aventures de Boro, reporter-photographe*, tome 4), Fayard, 1996.

Aubin Imprimeur
LIGUGÉ, POITIERS

Achevé d'imprimer en septembre 1997
N° d'édition 4534
N° d'impression L 54287
Dépôt légal octobre 1997
Imprimé en France
ISBN 2213599769 – 35-0176-01/4